KB118028

나는 커서
김현서 시집

문학동네시인선 081 김현서

나는 커서

시인의 말

나뭇가지마다 쌓인
달빛의 검은 발소리

열 수도 없는 저 창으로
나는 무엇을 보려 하는가

2015년 겨울
김현서

차례

시인의 말   005

제1부 까만 털에 붙어사는 이상한 벌레

화요일 오후   012
택배   013
10시 27분 버스   014
칸나의 뿌리   016
영산홍   018
탱고라고 불리는 상자   020
네펜테스믹스타   022
판다   024
지하도   026
색깔들   027
방문객   028
나는 커서   030

제2부 노란 매니큐어를 바른 불빛

숲이 앵무새를 가꾼다 1   032
숲이 앵무새를 가꾼다 2   033
폭설   034
바닥에 깔린 스테이크   036
음역을 이탈한―간격   038
반짝이 드레스   040
관점   042
누가 아서를 키울까   044
붉은 신호등이 켜지기 전   046
107동 202호   047
입구   048
겨울 사막   049
폭식가 K양의 멈출 수 없는 입   050
노란 집   052
빈 꽃병   054

제3부 노을이 묻은 내 반바지

덩굴장미   058
고슴도치 네 마리   059
칸타타 사탕가게   060
오직 날 뿐   062
벤자민   064
타투 아티스트   066
음역을 이탈한 - 질주   067
음역을 이탈한 - 저수지와 붕어들   068
음역을 이탈한 - 퇴근길   069
음역을 이탈한 - 고해   070
음역을 이탈한 - 하루   072

제4부 까다로운 채식주의자

일요일   074

저녁식사   075

『낮과 밤』, 저자의 얼굴   076

그 여자   078

서치라이트   080

난 비만 한 집   082

네 시간   084

내가 진짜로 웃기 전에   085

어느 환자의 고뇌   086

어느 새   088

꽃에는 썩은 물고기가 산다   090

STOP 버튼을 누른다   091

해설| 커서와 나침반—'문장-이미지'의 타자들   093
     | 조재룡(문학평론가 · 불문학자)

제1부
까만 털에 붙어사는 이상한 벌레

화요일 오후

내 스웨터를 걸친 그림자가
조용히 매장을 돌고 있다

라일락 향기처럼
그가 남긴 흔적들이 햇빛을 받아 반짝인다

팝콘의 고소한 냄새 숨소리 스트라이프 무늬 카페모카

그에게 서서히 중독되어간다

쇼윈도 너머로
나 같은 마네킹이 휘청거리며 걷고 있다

햇빛에 눈물이 탄다

택배

　내가 일어나기 전 상자는 이미 와 있습니다 육면의 이른
새 벽

　상자 속은 아직 어둡고 하루치의 마른 채소와 갓 구워낸
잡담이 층층이 쌓여 있습니다

　내가 불을 켜고 아침을 짓는 동안 콩나물과 두부가 벽 속
으로 사라지고 신문이 사라지고 그가 사라지고

　서른아홉 개의 계단이 보입니다 햇살을 움켜쥔 나무가 보
입니다 영화 세트처럼 수많은 미니어처들이 나를 반기는 상
자 속

　한낮의 태양이 헛바퀴처럼 굴러가고 상자는 물을 담아 나
를 헹궈냅니다 하루는 더디 가고 상자의 하루는 빠르게 어
두워집니다

　내가 잠들기 전 상자는 이미 와 있습니다 육면으로 막힌
새 벽

10시 27분 버스

앞문

노인이 탄다 죽음이 뒤따라 타고 임산부가 탄다 빛이 탄다 내 몸을 통과한 시간이 탄다 까맣게 탄다

스피커

까만 립스틱을 바른 입, 벙어리장갑을 끼고 웃음의 몸무게를 재는 저울, 흰 이와 혀가 잠든 무덤, 무덤 사이로 쉴새 없이 날아오르는 새떼

손잡이

해머가 내 머리 위를 맴돈다 교수대 밧줄에 목 대신 손을 넣자 차가 흔들린다 생활이 흔들리고 죽음도 흔들흔들 웃는다 잇몸을 드러내며

의자

연꽃잎 바람에 한 겹 한 겹 뜯겨나간다 돌아가신 아빠의 웃는 얼굴처럼 나비가 잠시 앉았다 떠난 자리 흰 얼룩이 혼자 남아 울고 있다

창문

깔깔거리는 여고생, 말의 알들이 탁탁 터지는 소리 뒹군다 창밖엔 뒤로 달리는 나무들, 반대편 차선으로 달리는 구급차 뒷문에 낀 피 묻은 장갑

뒷문

 끼익, 10분 간격으로 아기를 낳는다 끙끙 길바닥에 핏덩
이를 떨어뜨리고 도망치는 저 매정한 엄마

칸나의 뿌리

엄마는 창백한 꽃밭
엄마는 갓 피어난 칸나를 떼어내려고
비소를 달여 먹었지

한 땀 한 땀
눈물로 깁던 여름밤, 엄마는
외할머니가 주신 조각보를 뒤집어쓰고
흔들리는 돌담 위에서 뛰어내렸지

달빛 하얀 시트 위로
방울방울 흘러내리는 붉은 꽃물
엄마는 칸나의 살점이 떨어지는 꽃밭을 보았지

새벽은 안개 속을 떠돌고
살구나무는 죽어가면서 바람을 남겼지

꽃밭이 조금씩 뭉개질 때마다
엄마는 가벼워졌다가 가벼워진 만큼 더 무거워졌지
밤바람은 엄마의 눈물을 닦아주었지

그 시절, 살아 움직이는 꽃들은
모두 어둠에 묻혀 지냈지
어둠 속에서 서로의 아픈 뿌리를 어루만졌지

아직 동이 트기 전
칸나는 간신히 엄마의 뱃속에서 나왔지

엄마의 저린 손에서 눈물로 짠 새 한 마리
달빛 속으로 날아갔지

영산홍

이른봄 몸속에서 꺼낸
붉은 고통 한 송이
도마 위의 물고기처럼 파닥거리며
웃네

한 번도 햇빛을 받아본 적 없는 꽃
내 몸을 닦아주던 바람과 먹구름
녹물로 염색한 영산홍의 저 붉은 비늘들이
빗물에 반짝거리며
웃네

쏟아진 물을 주워 담던 휴지가 나를 물끄러미 쳐다보네
창문을 열 때마다
입안 가득 퍼지는 비릿한 허공

떠난다던 그가 잠들어 있는 베란다
싹둑싹둑 베어진 상추 대궁처럼
비가 오네

한때 다정한 인사를 주고받던 화분들이
비를 맞으며 웃네

성분표를 알 수 없는 어둠과

허벅지에서 목덜미까지
너무 캄캄해서
금방이라도 터질 것 같은 붉은 꽃
틀니를 빼놓고 웃네

탱고라고 불리는 상자

내가 상자를 열고 있을 때
한 아이가 아파트 옥상에서 몸을 던졌다
노란 머리핀을 닮은 꽃들이 죽은 아이 곁에 피어 있었고
햇빛은 말벌떼처럼 윙윙거렸다

내가 상자 속의 상자를 열고 있을 때
아이가 놀던 숲이 일그러졌다 펴졌다
다시 찢어지는 원고지였고
꽃잎들이 흰 접시처럼 땅에 떨어져 깨졌고
호수 위로 물고기가 떠올랐다

내가 뒤죽박죽된 상자 속으로 들어갈 때
내가 아이의 옷과 사진첩의 먼지를 털고 있을 때
밤이 오고 개미떼처럼 어둠이 몰려오고
폭우가 쏟아졌다
폭우는 사자의 갈기를 달고
성난 발자국을 남기며 지붕에서 지붕으로 뛰어다녔다

내가 상자 속에서 울고 있을 때
내가 냉수로 입속의 피와 남은 기억을 헹궈낼 때
상자 속에서 아기의 마른 울음이 들리고 황토물이 쏟아
졌다
나는 액자를 깨뜨리고 바닥에 주저앉아 오래도록

황토와 물과 소리가 분리되기를 기다렸다 　　　　　　—

네펜테스믹스타*

1

이 숲 어딘가에 검은 늪이 있다 연기가 솟는다 비가 온다
풀잎을 핥아주던 검은 늪에서 연기가 솟는다 비가 온다 풀
잎 사이로 검은 길을 만들며 검은 늪에서 연기가 솟는다 연
기에 취한 채 검은 길을 가는 어린 물방개들

2

이 집과 저 집 사이로 검은 늪의 물방개 바둥바둥 간다
검은 늪의 수초 재깍재깍 간다 소화액이 담긴 벌레잡이 철
이 간다 검은 지층 사이로 간다 연기가 간다 반나절이 간다

3

검은 밤이 오면
검은 비가 내린다
검은 늪 검은 연기
검은 자전거 바퀴
검은 주름진 행방을 찾는다
어둡고 축축한 여행길
검은 바큇자국으로 갈라지는 숲
검은 빗발이 거세진다

4

아무것도 모른 채 골목으로 접어든다 골목 입구에는 달콤

한 꿀냄새가 진동하고 골목 끝에는 익사한 빗물이 있고 파
리가 있고 언제나 열려 있는 검은 무덤이 있고 골목 끝에서
시작되는 또다른 검은 골목

5
검은 숲은 웃는다
검은 늪을 토막낸다
검은 골목을 토막낸다
검은 게임의 법칙을 수정한다

이제 검은 풍경들을 먹을 시간

* 네펜테스믹스타(Nepenthes x mixta): '원숭이컵항아리(Monkey
Cup pitcher)'라고도 불리는 식충식물.

판다

그녀는 판다
머릿속을 판다
아직 다 채우지 못한 검은 늪을 판다

지하 일층과 지상 일층 사이
끼어 있는 계단을 판다
계단을 밟는 순간 사라진
구두를 판다
손끝에 피가 나도록 판다

그녀는 판다
대숲 사이에서
모빌처럼 흔들거리던 햇살을 판다
햇살이 사라질 때마다 1도씩 떨어지는 체온을 판다
언제나 같은 부위를 판다
검은 늪의 얼음을 꺼내 씹으며
그녀는 판다
그녀의 왼쪽 눈에 까만 점으로 박힌
그도 판다

그곳에선 모두 판다
아침도 판다
저녁도 판다

깨진 유리창도 판다
눈물도 판다

지면 속으로 사라지는 무수한 판다들

지하도

걸어간다 챙이 노란 구름을 쓰고 걸어간다 손목이 가느다란 시간이 지하도를 걸어간다

이상한 구두를 신고 걸어간다 한 번도 입을 열어보지 못한 지하도

빗방울이 돋아난다 뒤꿈치를 들고 걸어간다

빗방울이 자란다 머리가 반쯤 쪼개진 채로 걸어간다 어둠의 잔뿌리를 만들며 지하도를 걸어간다

꼬깃꼬깃 접어놓은 수요일 잇자국이 선명한 지하도를 걸어간다 구름의 배설물을 닦으며 아흔아홉 갈래 길을 걸어간다

주렁주렁 빗방울이 달린다 너무 익어 붉은 진물이 뚝뚝 떨어지는 빗방울이 달린다

물컹거리는 지하도를 걸어간다 머리를 숙이고 빛을 향해 12번 출구를 향해

색깔들

퍼런 눈빛 하얀 입술—검먹은 빵 조각의 색깔—탐색

어둡다기에 불을 켜고 본다 갈색 늪지대
거기엔 너의 심장을 물어뜯는 피라냐

잿빛 보라—일곱 빛깔 환각제—금방 잡아온 늑대의 울음

너는 얼룩무늬 환약을 먹고 매일
강박증 피아노를 친다
노랑나비가 노란 꽃 속에 제 피를 넣어 문병 온다

색안경 쥐들—허기진 빵 조각의 색깔—본색

초승달이 안개를 데리고 산책한다 템포에 맞춰
풍경을 감춰버리는 거리
뭉텅뭉텅 뜯겨나간 집과 사람과 나무와

진홍 하늘—다져놓은 진통제—금방 놓아준 늑대의 울음

어둡다기에 불을 끄고 본다 너의 푸른 심장
이제 발로 으깨는 일만 남았다

방문객

나는 판화를 찍고
그는 모기처럼 내 주위를 맴돈다
판화 속에는 윤곽이 사라진 물고기가
밤마다 새로운 물길을 만들고
나는 어항의 물을 쏟아버린다

그는 판화 속에서 버둥거리는
노란색 물고기 빨간색 물고기 파란색 물고기
아가미를 그리고 등줄기를 그리고
나는 물고기 한 마리 달고 외출한다

그는 언제나 어딜 가냐고 묻고
나는 보라색 나무 한 그루를 내민다
보라색 나무에는
아프고 지친 잠자리가 날아와 노래를 하고
그는 나이테를 깎아 구두를 만들어
내 발에 신긴다

해가 질 무렵 잠자리는 날아가고
내 발엔 균열이 생기고
피가 묻은 구두에 끌려 집으로 돌아온다

8시가 되자 그는

라디오의 볼륨을 높이고
일주일 치의 포장품을 뜯는다
나는 이어폰을 꽂고
쏟아진 어항의 물로 밥을 짓고
비린내 나는 식탁에 앉는다

우린 울지도 않고 웃지도 않고
우린 잠깐 잠깐
죽은 듯이 엎드려 있다가
밤이 되면 눈이 없는 인형처럼 서로를 잠재운다

방송이 끝난 TV는 지지직거리고
우리의 여덟번째 밤이 깊어간다
메마른 꿈이 깊어간다

나는 커서

나는 커서 눈 밑의 반점
나는 커서 선물 상자
나는 커서 빨강 머리 소녀

나는 커서 잠이 깼을 때
나는 커서 죽은 지 6년 된 굴참나무
나는 커서 밑동에서 자라난 독버섯
나는 커서 방문을 열고 나갔지

나는 커서 깜빡거리는 별똥별
나는 커서 피아노
나는 커서 외발 당나귀와 길을 걸었지

나는 커서 눈을 감고 생각했지
나는 커서 까만 털에 붙어사는 이상한 벌레
나는 커서 초가 꽂혀 있는 조그만 케이크
나는 커서 천 번도 넘게 맞춰본 퍼즐
나는 커서 참 재미있었지

나는 커서 알게 되었지
나는 커서 사라진 토끼

제2부
노란 매니큐어를 바른 불빛

숲이 앵무새를 가꾼다 1

해가 지고 나면
숲은 앵무새의 어긋난 깃털을 솎아낸다
깃털을 꽃나무에 꽂아놓고 이러저리 살피고
앵무새를 열매처럼 매달아놓는다

털갈이가 끝나면
숲은 앵무새의 몸에 빨대를 꽂는다
앵무새는 날개가 시들고 배가 쪼글쪼글해진다

숲은 가죽만 남은 앵무새의 발을 감싼다
앵무새는 밤새 구토한다

날이 밝자
숲은 어둠의 바코드로 만든 새장을 열어주고
훔친 서클렌즈를 끼워준다
앵무새는 눈을 껌벅이며
파란 하늘을 향해 다시 날갯짓을 한다

숲이 앵무새를 가꾼다 2

겨울 숲은 휘어지지 않는 햇살을
한 입 크기로 썰어 생크림을 발라놓는다

앵무새는 웅덩이에 누워
숲의 표정을 봉인한다

하루에도 몇 번씩
한여름이다

폭설

새벽 2시 도시가 부풀어오른다
흐린 구름이 낮게 내려와 양털로 지상을 포장한다

꿈꾸는 아이들이 양떼 속으로 들어간다
동화 속의 양들은 늘 평온하고
평온 속엔 공포의 회오리가 붙들려
시간을 주시하지만
아이들은 태연한 표정으로
각자의 얼굴을 책장처럼 넘긴다

보름달이 뜨면 늑대의 살기는 최고조에 달하는데
양들은 계속 쏟아져나오고
99쪽에 차려질 푸짐한 식탁을 생각하면
나는 아직도 목소리는 작고
속으로만 안절부절못하는 동화 속 소녀

헝클어진 늑대의 발자국은 양떼를 더욱 단단하게 결속시
키지만
늑대의 울음소리는 또다른 분열을 낳고
양들은 짐을 쌌다가 풀고 쌌다가 풀고
동화는 완성되지 않은 채 뒤척이다 잠이 들고
나만 아직도 떨리는 손으로
쪼그라든 이불을 펴고 있는 초조한 소녀

보름달이 지면 늑대도 수상한 질서 속으로 사라지는
급작스러운 결말을 보지 못하고
아이들은 깊은 잠에 빠져들고

양들은 새로운 동선을 짜며
잊기 위한 기록을 따라 구름을 따라 나를 따라
밤인 듯 낮인 하루가 가고 하루가 시작된다

바닥에 깔린 스테이크

아침이에요
갈색 접시에 담긴 석류빛 스테이크
알맞게 구워진 당신의 웃음이
방울 소리를 내며 스테이크 위로 내려와요
조각조각 참 맛있어요

갈색 가방에
갈색 구두가 어울릴까요?
갈색 햇살이
보도블록 위에서 천천히 익어가는 아침
열기의 순간은
내 발이 먼저 알아요
매일 아침, 햇빛은 정시에 도착해 나를 출근시켜요

새들이 높이 나는 건
햇빛 때문일까요?
햇빛에 익어가는 보도블록 때문일까요?
햇빛 속으로 퍼지는 방울 소리가
나무들의 등에 구멍을 뚫어요
난 엽총처럼 불안해요
하늘도 구름도 숲도 쉬지 않고
갈색 눈을 움직여요

의자에 혼자 앉아
오븐에서 꺼낸 말랑말랑한
빨간 동화책을 한 장 한 장 찢어 먹어요
참 맛있어요 간이 딱 맞아요
바닥에 깔린 당신의 눈물은

음역을 이탈한─간격

지금 하마단엔 햇빛이 쏟아지겠지
전혀 다른 그림자들이 매일 나를 따라붙고
알 수 없는 소리들과
부러질 것 같은 공원의 벤치가 기억나

예고 없이 전화벨이 울린다

난 바닥을 하얗게 만든 햇빛을 얘기하는데
넌 햇빛 사이에 낀 바바타히르 묘지를 떠올렸지
첫차는 떠났고
네가 벗어놓은 체크무늬 셔츠는 색이 바랬고
홀쭉해진 배낭은 기억도 나지 않는데

전화벨이 끊어진다

모든 건 설정이었을까
유리 가루 같은 햇빛을 뭉쳐 내게 던지며
페르시아 장미를 만들던 그 시간
나는 아직도
네가 준 관광지도 속에서 길을 잃고 헤매고
물고기가 보이지 않는 바다와 싸우는데

다시 전화벨이 울린다

수화기를 들면 또 계절풍이 불고
난간에 올려둔 가이드북이 떨어지고
우산도 없이 빗속에서 비를 맞는 밤
추운 겨울이 내게 올까봐

반짝이 드레스

물고기들이 물속에서 달을 먹는다
유람선이 지나갈 때마다
강물은 제 몸을 부숴 더 단단한 은비늘을 만든다

은비늘 속에는 먹다 남긴 달빛이 살고
산란을 기다리는 풀씨가 살고
몇 번을 망설이고도 버리지 못한
내 흑백사진 한 장이 산다

물고기들이 달을 먹는다
날마다 물고기들이 물결을 타고 내 안에 들어와
내 몸을 떼어 먹는다
나는 속이 비쩍 마른 분재 나무
밤이 되자 강물은 내게 또
새로운 반짝이 드레스를 입혀준다

강물이 흔들린다
새벽까지
다리에 철사가 친친 휘감긴 어린 소녀들이
물빛 꿈에 취해 잠든다

마지막 유람선이 지나가자
빠른 템포로 떨어지는 은비늘을 받쳐 들고

물고기들이   —
또 달을 파먹기 시작한다

관점

1
점 종소리
점 점 눈을 감으면 나타났다
점 점 점 눈뜨면 사라지는

점 거울 속에서
점 점 흩어졌다 모여든다
점 점 점 햇빛에 피부가 부식되는 기억들

점 그림자처럼
점 점 옅어졌다 진해지다
점 점 점 한순간에 거울을 뚫고 솟구치는

2
그녀가 있다
공터에 버려진 옷장처럼
옷장 속 흰 드레스를 걸친 마네킹처럼
오토바이가 지날 때마다
햇빛을 피해 내려오는 먼지의 수를 세며
그녀가 있다

어제도 목요일
오늘도 목요일

내일도 목요일   —
사라지지 않는 악몽의 종소리

오전과 오후 사이의 거울 속으로 날아가는

누가 아서를 키울까

아서, 작은 새를 잡으면 안 된다.
아서, 비누는 욕실에 두고 단추는 목까지 채워라.
아서, 레이스가 또 떨어졌잖니?
아서, 배가 고파도 개미는 집어먹는 게 아니란다.

엄마는 날마다 나를 무릎에 앉혀놓고
신발에 묻어온 진흙길을 털어주었다.
어깨 위에 떨어진 자작나무 잎도 털어주었다.
거미줄도 털어주었다.

아서, 물고기는 너와 잘 수 없어.
아서, 차라리 제라늄을 심자.

엄마는 나의 다른 손을 꼭 잡아주었다.
나도 새도 나무도
고양이 이름 같은 그 이름을 그만 듣고 싶었지만
엄마는 꿈속에서도 아서라 불렀다.

아서, 왜 대답은 않고 울기만 하니?
아서, 숙제는 다 했니?
아서, 일기는 저녁 먹고 꼭 써야 돼!

나는 잔뜩 조여진 턱받이를 두르고

저녁을 먹었다.
숟가락으로 한 살 두 살 세 살
다소곳이 떠먹었다 그렇게 서른세 숟갈

더 이상 아무도 나를 아서라고 부르지 않게 되었을 때
내 딸이 아서가 되어 있었다.
딸의 꿈속에 내가 등장하기 시작했다.

붉은 신호등이 켜지기 전

또 가고 있다 갈비뼈 사이로 터벅터벅

토요일, 나는 벽에 박힌 햇살을 세고 그녀는 낑낑거리며 화분을 옮긴다

일요일, 나는 그녀가 옮겨놓은 화분에 사료를 던져주고 그녀는 긴 혀로 의자와 나를 엮어놓는다 나는 오른손을 흔들어주고

월요일, 아침이면 그녀는 시계의 배를 가르고 홍수에 휘말린 꽃을 꺼내 햇빛에 말린다 밤이 되자 꽃의 배란이 시작되고

화요일, 나는 내 자신에게 쫓기고 그녀는 824번 출근 버스에 쫓기고

목요일 저녁, 사채업자가 방문했을 때 그녀는 제 몸을 뜯어 지불하고 나는 국을 끓인다

금요일, 장미는 담장을 기어오르고 붉은 신호등이 켜지기 전 육수가 된 그녀와 육수를 들이켜는 나

또 가고 있다 갈비뼈 사이로 터벅터벅

107동 202호

벽을 긁으며 죽음의 트랙을 돌고 있는 저 여자
여자와 함께 벽의 일부가 되어가는 저 의자

출입문에 진입 금지 표지판을 박고
돌과 돌 사이 딱딱한 비단뱀을 키우는 저 여자

39번째 초승달이 허물을 벗는 밤
달빛 문양을 두르고 방을 도망치는 저 의자

둘러보면 아무것도 없는
방과 방 사이 안개를 배양하는 저 여자

담장이 흐려지고 도로가 흐려지고
허공에 어린 나무를 안치하는 저 의자

검은 머리카락을 늘어뜨린
창턱에서 아슬아슬 흔들리는 저 의자

네 개의 다리를 가진 저 여자

입구

아파트 입구 계단 옆
붉은 사과 한 알

익어간다

9층에서 떨어진 붉은 사과가
탐스럽게 멍든 사과가

꽃밭에 누워 익어간다

비닐에 얼굴이 묶인 채
실핏줄이 뒤엉킨 사과 한 알

송곳처럼 꽂혀 있던 햇빛과
검은 개미와

한몸이 되어 익어간다

썩어갈수록 달콤해지는
사과 한 알의

붉은 웃음소리

겨울 사막

흰개미를 끌고
아이가 간다

입술이 파란 흰개미를 끌고
가파른 언덕 너머 아이가 간다

눈 덮인 선인장의 가시 돋친 노래를 부르며
잿빛 아이가 간다

폭식가 K양의 멈출 수 없는 입

와작와작 씹는다
사과를 통째로 씹는다
양파를 씹고
「수염 난 장미」를 씹는다
창문을 활짝 열어놓고
바람의 오장육부를
씹는다
먹어도 먹어도 채워지지 않는 이 새파란 허기
짐승처럼 웅크리고 앉아
시차가 맞지 않는
저울을 씹는다
홀쭉한 배를 움켜쥐고
허둥거리는 눈을 잘근잘근
씹는다
코도 귀도
토막 난 기억도
한낮도 어둠도 씹는다
몇 년 동안 전속력으로 먹어치운다
흰옷을 입고 격식을 차려 먹어치운다
끓는 물에 내 피를 타서 먹어치운다
찻잔이 반짝거린다
눈부시게 반짝거린다
접시들이 반짝거린다

빨간 포크를 들고
텅 빈 사각의 식탁에 앉아 반짝거린다
탱탱하게 살이 오른 시간이
이제 결실을 맺고 있다

노란 집

저 모래 위의 노란 집
한 개의 귀와
한 개의 눈만 남아
화면 밖으로 끌려나오는 노란 집

지붕으로
노란 매니큐어를 바른 불빛이 흐르고
저녁이면 먹구름이 타일처럼 들러붙는
노란 집에는

드넓은 바다가 있고
두 개의 어린 섬이 떠 있고
섬과 바다는
자기만의 구름이 있고
자기만의 숲이 있고
자기만의 해풍이 불고

한 무리 천둥과 번개가 다녀간 후
남은 귀와
남은 눈을 떼어버린
노란 집에서 꼼지락거리는 그림자
오른쪽 뺨이 긁힌 구두를 신고 종종걸음으로 오가는

저 모래 위의 노란 집
한 개의 귀와
한 개의 눈을 찾으며
그들은 다시 누군가의 몸이 되려고 하강하는
변기 속의 폭풍

빈 꽃병

1
밤이 낮을 뚫고 나온다 나는 전단지처럼 벽에 붙어 정원
을 본다 연못이 말라간다 수레국화도 말라간다 버섯들이 썩
은 나무를 뚫고 흰 손을 내민다

2
침이 마른다
어둠에 입맞춤하는 정원, 빛의 속도로
제 피가 빠져나가는 것도 모르고
제 몸이 썩어가는 것도 모르고
정원은 오래전부터 그곳에 선 채로
철제 셔터가 내려간 주차장을 마주보고 있다

3
지금 두 손을 모으고
새로운 씨앗을 모으고 있어요
새로운 말을 모으고 있어요
나는 더 교묘하게
나는 정전기처럼 빛나는 알약이에요
나는 더 완벽하게 시시각각 표정을 바꾸는
나는 참 다루기 힘든 나침반이에요

4

정원은 습관처럼 연필에 침을 바르고 지도를 꺼낸다 조명
이 꺼져가는 나무 한 그루 새들이 가시덤불 사이로 사라진
다 부러진 연필심처럼

5

휘청휘청 비가 내린다 바람은 어둠의 천막을 흔들며 정
원을 건너고 나는 빈 꽃병처럼 오래전부터 정원에 선 채로

제3부
노을이 묻은 내 반바지

덩굴장미

치유될 수 없는 상처를 남기며
담장의 갈라진 늑골을 따라 조깅하는 자

죽음의 홍등을 들고
안개가 두런거리는 무대 위에서

고슴도치 네 마리

이른봄, 빗물에 휩쓸려간 고슴도치 네 마리
그중 한 마리가
그의 눈과 귀를 말뚝에 묶어놓았다

이른봄, 빗물에 휩쓸려간 고슴도치 네 마리
그중 한 마리가
내 등나무 덩굴을 담장 위로 올려주고
그에게 진홍색 전지가위를 주었다

흐린 아침, 빗물에 휩쓸려간 고슴도치 네 마리
그중 한 마리가
그에게 갈비뼈가 부러지고 내게 와 누웠다

이른봄, 빗물에 휩쓸려간 고슴도치 네 마리
그중 한 마리가
그를 석유통에 넣고
내게 라이터를 주었다

이른봄, 빗물에 휩쓸려간 고슴도치 네 마리
그중 한 마리가
그의 애완용 쇠똥구리를 밟아 뭉갰고
노을이 묻은 내 반바지를 빨아주었다

칸타타 사탕가게

사탕가게는 네거리 약국 옆에 있다

가방은 무겁고 새벽 2시의 침묵은
막대사탕처럼 달고 아프다
오랫동안 졸음을 참으며
철심 교정기를 낀 강가를 걷는다
매끈하게 빗어 넘긴 물풀 사이로
어둠으로 색칠한 간판들이 보인다
아름다운 불빛들이 삐걱거리는 거리
그의 다리와 내 다리를 합치면
완벽한 테이블이 된다

사탕가게로 가는 길은 다가갈수록 멀다

서식지를 벗어난 사과나무 위에서
슈가파우더를 뿌리는 가로등
6월의 밤공기가 둥글게 모여 앉아 콧노래를 부른다
바닥에 떨어진 불빛들이
주르륵 내 발을 타고 올라온다
흙이 묻어 있던 어린 시절의 사탕처럼
어둠 속에서 생글거리는 눈동자들

늦은 시간에 사탕가게로 간다

강물은 머리칼처럼 뒤엉켜 순조롭게 흘러가고
맥주 거품 같은 밤안개가
창을 들고 뿔뿔이 내 뒤를 따라온다
숨을 쉴 때마다 뚝뚝 떨어지는 은빛 물고기떼
붉어진 밤공기를 마시며
나는 점점 사라져가고 있다

어둠으로 두 뺨이 불룩해진 사탕가게 앞에서

오직 날 뿐

연못
내 입은 목이 가는 병
내 입은 꽃과 나비를 접붙이는 통로
내 입은 오리를 끌고 일요일로 가는 물줄기
가는 유리 막대로 휘휘 저어본다

불판 주위로 모여 앉은 여자들
달구어진 불판 위에 차곡차곡 쌓여 있다 육즙이 묻은 껍질
을 벗기면 또 껍질이고 또 껍질이고 또 이글거리는 숯불 위
불꽃이 튄다 먹음직스럽게 익혀진 세 겹의 분노와 다섯 겹
의 충동 회전 간판처럼 돌아가는 여자들의 바쁜 입

당분간
건기가 최고조에 달할 때 나는 소금에 절인 망고처럼 누
워 있다
여자들이 씹다 버린 살점이 내 몸에 흉터처럼 붙어 다닌다

그걸
수면제를 먹어도 아침은 너무 빨리 오고 말은 나를 뒤쫓
는다 이름을 바꾸고 골목에서 돈도 뜯기며 10년을 넘게 쫓

긴다

이렇게 3월은 간다
겨우내 파먹던 말들을 흙으로 덮는다

벤자민

그녀에게 새들이 놀러오지 않은 건
다친 발을 흙으로 덮어주지 않았기 때문일까
불안정한 초록 문신들 때문일까
아니 누군가 그녀의 손목을 잘라
물병에 꽂아두었기 때문인지도 모른다

앙상하게 말라가고 있다
아무리 집중해도 숨소리는 들리지 않고
치명적인 초침 소리만 한 방울씩 이파리에 떨어진다
긴 수염 같은 새로운 길이 뚫리고
달빛을 따라 고요히 퍼지는 벤자민의 비명

이파리들이 형광등 불빛에 초록 거울처럼 빛난다
금이 간 거울 속엔 수족관과 벤자민
물뱀이 거침없이 활보한다
물고기들은 돌 틈에 숨어 나오지 않고
이파리를 흔드는 물속의 젖은 소리들을
내 귀는 하나도 알아듣지 못한다
긴 부츠를 신고 달빛이 서성인다

파랗게 부풀었던 벤자민이 말라간다
빛이 사라진 빈방
밤잠을 설치는 생쥐처럼

내 귀를 닮은 잎사귀 뒤쪽에서 가쁜 숨소리가
가는 지진처럼 들려온다
내가 듣고 싶은 건 단지 그녀의 숨소리일까

타투 아티스트

새들과 함께 아침이
쉴새없이 서쪽으로 이동한다
얼룩무늬 나비가 유치장을 통과한다

시간은 컨베이어 벨트에 실린 내 시의 골격들을 검열하고
바닥에 떨어진 옷가지와 책 사이로
그의 뒷모습이 보인다
환영 같은 물결을 새겨넣은 그의 등
코끝이 벌게진 체리는 뒤엉킨 자세로 굳어가고 있다

오전에 내가 만난 타투 아티스트는 모두 셋
체리처럼 모두 잘난 맛이 난다
단단하게 달구어진 송곳과
냉동고에 급히 식힌 자격증을 갖고 있다

도로 건너편
도둑고양이들이 쓰레기봉투를 헤집고 있다
나는 내 책에 새긴 검은 문신을 긁어모아
고사리처럼 말려 손잡이에 걸어놓는다

음역을 이탈한
—질주

너는 밤이라는 조명을 켜고
나는 새로운 경로를 설정한다

누군가 물려준 오선지를 따라
디카포를 지나 크레셴도로 달리고 달리는

매연과 먼지의 리듬 사이
너와 나 사이
이미 지나버린 자유로 같은 쉼표가 서 있다

너의 눈엔 폭염이 있고
심장이 떨리는 본능이 있고
모든 진동을 흡수하는 악상을 떠올린다

관객이라고는 단둘인
나와 너 사이
나는 묵묵히 웃고
너의 노래는 음역을 이탈한 자동차처럼
악의 해안도로를 달리고

내가 펑크 난 하늘을 볼 때
너는 돌로 눌러놓은 악보에 오래된 음모를 그려주며
내 뒤의 너를 본다

음역을 이탈한
―저수지와 붕어들

2일은 돌이 들어간 신발을 신고 저수지 주위를 걸었지 슬플 것도 없는데 눈물이 맺혔고 우리의 레퍼토리는 호러 영화 같았지 다른 신발로 갈아신고 싶었지만 너무 단단하게 묶은 신발끈을 풀 수가 없었지

흐린 날이면 우린 물가에 앉아 소문을 스크랩하며 찌라시처럼 웃었지 검은 하늘 자락을 뜯어 머리까지 뒤집어쓰고 저수지도 웃었지 안내표지판도 웃어대다 몇 날 며칠 비를 맞았지

13일, 어둠의 블라인드 사이로 살아나는 물안개를 보았지 소금쟁이는 저수지의 지문을 새로 만들고 물풀들은 씰룩거리는 저수지의 입언저리를 쓰다듬어주었지

24일, 흔들려서 찍힌 사진처럼 저수지 주변을 걸었지 신발에 생긴 붉은 얼룩에서 불길한 꿈을 보았지 29일, 서로를 불신하며 저수지를 탓했지

저수지 주위엔 어제 본 낯선 사람들이 모여들고 30일, 입만 벙긋거리는 붕어들이 메아리를 만들어 내게 주었지 그리고 32일, 20분만 기다려달라는 소리들이 허공에서 굳어버렸지

음역을 이탈한
―퇴근길

빗줄기에 건물이 꽂히고
가로수가 꽂히고
뺑소니치던 택시가 꽂히고

허공의 파편을 받아 적던
기자들이 빗줄기에 꽂혀 꼬치처럼
벌겋게 달아오른다

종아리가 하얀 파처럼 버섯처럼
한곳에 머리를 모으고
천천히 냄새를 피우는 네거리

체온이 다른 전깃줄을 움켜쥐고 흔들거리는 비둘기와
구름 속엔 아직도
무덤으로 돌아가지 못한 빗방울들

또다른 불씨가 담긴 기사는 물품보관함에 맡기고
검열을 마친 신문들이
야경의 숯불 위에서
타닥타닥 젖은 자들과 함께 검게 타들어간다

음역을 이탈한
—고해

성당은 저녁 어둠 속에 있네
성모상 뒤에서
예정에 없던 죽음의 포즈를 취하고
온화한 미소를 짓고 있네

사제복을 입은 밤의 거미들이
열두 개의 오르막길을 기어가는 동안
성당은 열두 개의 벽돌로 칸을 나눈 고백소에
나를 감금시키네

나는 열두 개의 빛깔로 응고되어
나도 모르는 고백을 하네

잎이 무성한 벚나무와 어울렸네
벚나무는 삐딱한 혀로 나를 핥고
내 머릿속을 하얗게 뒤덮었네
나는 오랫동안 이단을 찬양했네

성당 밖으로 추방된 거미는
까만 버찌가 박힌 가면을 쓰고
나를 비웃네

먼동이 트기 시작하는 일요일

성당의 종소리처럼
나는 만 갈래로 흩어지네

음역을 이탈한
—하루

하루는 즉석요리
하루는 사용 설명서가 따로 있는
하루는 낙지발 같은 안개

하루는 내 몸속에 암매장된 양파
말끝마다 내게 침을 퉤 뱉는 입

하루는 내 발목을 놓아주지 않는
하루는 노을이 깔린 잔잔한 파도
하루는 멀고먼 불길 속의 북극성
너무 늦게 나를 깨워주는 야윈 손

하루는 옮겨 심어야 할 모종
불길한 연기
하루는 내 실명한 웃음이 끓고 있는 냄비
쭉 저녁 무렵처럼
나와 한패

제4부

까다로운 채식주의자

일요일

봄볕이 흰 구두를 신고 벚나무 옆을 지날 때
내가 한 건
꽃병의 물을 따라주듯 나를 따라주는 것

이쪽을 누르면 저쪽이 튀어나오는 풍선 같은 일요일
봄볕에 깔린 먼지가 풀썩거릴 때
침울한 말들은 잠시 서랍 속에 수납하고

몸을 뒤틀며 기지개를 켜는 벚나무를 위해
이 어질어질한 4월의 바람을
차곡차곡 개키기 위해

그만이라고 소리쳐도
15년째 제자리를 빙빙 도는 솜사탕 기계 같은 시간을 위해
내가 한 건
꽃병 속에서 급성장한 아이비 뿌리를 잘라주는 것

그 힘으로
잠깐 스쳐지나간 고양이 따위를 잊기 위해
해가 지기 전까지
한순간에 모든 걸 잊기 위해

저녁식사

차갑고 말없는 살점을 썰고 있네
무너진 담장의 붉은 신음을 썰고 있네

숨이 넘어갈 듯
작은 꽃들이 머리카락을 흩날리고 있네
공원을 지나 연못을 지나
모닥불에 죽은 불씨를 묻고
오랫동안 울고 왔지만
여전히 식탁 저편에는 쓰지 않은 포크와 나이프가 놓여
있네

7시 52분, 그와 마주앉아
아버지의 한평생을 썰고 있네
나갈 수 없는 문을 썰고 있네
스산한 지형을 남기며 하얗게 타버린 꽃
썰어놓은 꽃잎 한 장 씹어보네

한 달에 한 번
혹은 몇 년에 한 번
꽃무늬가 질퍽거리는 웃음 앞에서
꽃바람 타고 조용히 번져가는 눈물

슬픔 한 가닥이 이 사이에 끼어 빠지지 않네

『낮과 밤』, 저자의 얼굴

그자와 이자는 몇 세기에 걸쳐
같은 노래를 불렀다
시간은 불속에서 방금 꺼낸 군고구마
사랑은 구멍난 종이봉지
손을 대면 화르르 타오르는 장작불 속의 공포

그자와 이자는 몇 세기를 걸쳐
서로를 부정하다 손을 잡았고 다시 부정했다
그자와 이자는 실패를 반복했고
그때마다 직업과 주소를 바꾸고
몸의 길이를 바꿨다
새로 맞춘 옷을 입고
그자와 이자는 누군가 흘려보낸
마른 강물 소리를 들으며 건기를 보냈다

그자와 이자는 앞을 볼 수 없었지만
몇 세기를 걸쳐 새로운 발성법을 익히고
새로운 눈을 찾아 이자(利子)를 점점 늘려갔다
저녁이 오기 전에 식탁을 차려놓고
그자가 예치한 이자를 복제해서
새로운 저자(著者)를 내게 덧붙여주었다

이자는 내게 노래하는 아침을 주었다

나는 노래하는 아침을 탁자에 올려놓았다
액자에 끼워넣었다
오븐에 넣었다
건조대에 널었다
창문에 붙였다

몇 세기가 흘렀지만 나는
그자와 이자가 공모해서 죽인
저자의 얼굴을 또렷하게 기억한다
나와 동시에 살아갈 또다른 나의 얼굴

그 여자

그 여자의 수족관엔 불안이 헤엄치는데
은빛 지느러미를 반짝이며
매일 똑같은 목소리 똑같은 눈빛으로 그 여자를 보는데
고래고래 소리지르는 산소발생기가 있는데
두리번거리는 물풀이 있는데

그 여자의 가슴엔 우물이 있는데
우물은 소리와 어둠으로 점점 깊어가는데
비 오는 밤이면 노끈에 묶인
한 남자가 두레박을 타고 내려가는데

그 여자의 뒤뜰엔 안락의자가 있는데
하루 종일 철부지 까마귀들이 날아와 잠을 자는데
의자 뒤엔 그네가 있는데
한때의 격정으로 평생을 흔들리는 그네가 있는데

그 여자의 연못엔 연어가 사는데
물살의 귓속말을 기억하는 연어가
수시로 물살을 거슬러 올라가는 욕망에 시달리는데

그 여자의 침실엔 눈물의 체형을 묻어주는 침대가 있는데
비가 그치고 날개가 부러진 11월 마지막 날
담장 너머로 나를 쳐다보던 여자

벌레들이 물려준 묘지 옆에서
그 여자는 잠들지 못하는 묘비가 되어 서 있는데

서치라이트

밤마다 어두운 거리
샅샅이 뒤지고 다니는 당신
길을 자르고 집을 자르고
공원을 조각조각 자르는 당신
꽃들의 목을 베어 내게 나눠주는 당신
두려움을 잠재우기 위해
또다른 두려움을 깨우는 당신
잘려나간 샛길을 찾으려고
몇 시간씩 서성거리는 내 그림자를
옆에
뒤에
앞에
붙였다 떼었다 하는 당신
정확히 오후 8시부터
탕 탕
내 가슴에 하얀 기둥을 박아대는 당신
문을 두드리는 나를
흰 천으로 덮어주는 당신
밤을 갈고리에 꿰어 끌고 다니는 당신
어둠을 둥글게 도려내
어둠의 내부를 들여다보는 당신

이 젊고 차가운 눈동자!

도저히 잡히지 않는 나무.

난 비만 한 집

난 수수께끼
난 비만 한 집
이 포장지 속에 무엇이 있을까요?
열 달 동안 키울 오렌지나무?
열 달 동안 헤맬 지도?

난 안 개인 정원
난 코르셋을 벗는 거울
애완용 붓꽃 긴 칼에 젖무덤이 쏨벅
방울
방울
핏방울들이 자줏빛 어린 꽃을 피워요
모락모락 김이 나는
발효하느라 부풀거리는 이 빵 덩어리!*

난 280개의 물음표
난 비눗방울
이 포장지는 방음도 방수도 잘돼요
당신도 이 속에 묻어드릴까요?

난 잠자리를 찾는 잠자리
난 몸 푸는 앵두꽃
고양이 잇몸 같은 오븐

우선 이 방부터 치워야겠어요
구멍은 모두 메우고

* 실비아 플라스의 시 「은유」에서 빌려옴.

네 시간

네 시간 간격으로 너는
소파의 상처를 만져주고
욕조는 악어처럼 입을 벌린 채
내 머리를 저울질하지

네 시간 간격으로
입안 가득 거품을 물고
네 시간 간격으로 후덥지근한 열기는
거품의 인파 속으로 사라지고
네 시간 간격으로 버스를 타고 터널을 지나
오리알처럼 욕조에 앉아 있지 너는

언제부턴가
네 시간 간격으로 2인분의 통닭이 배달되고
너는 담배를 피우며
지문이 팅팅 불은 밤공기를 만들지

네 시간 간격으로 커튼을 활짝 열어젖히고
인공호수의 물을 길어다 욕조를 닦고
거품이 사라진 욕실을
소금쟁이처럼 걸어다니지
네 시간 간격으로 네 시간이

내가 진짜로 웃기 전에

봄, 너는 정신분열증 피아노
비가 온다 숨을 들이쉴 때마다

여름, 너는 앙칼진 눈
비가 온다 우린 둘 다 소용돌이 꽃무늬를 두른 채

가을, 너는 악어 똥
비가 온다 사방연속무늬로 번져가는 기억

겨울, 너는 고단한 심야극장
비가 온다 해진 기억을 수선집에 맡기고

다시 봄, 너는 37세 툭탁거리는 망치
검은 비가 온다 발밑엔 파닥거리는 흰나비 몇 마리

다시 여름, 너는 까다로운 채식주의자
회색비가 온다 우린 둘 다 진짜이거나 가짜

장미와 그림자 사이, 바퀴가 되어간다
다시 가을 다시 겨울 그리고 봄

어느 환자의 고뇌

점심으로 시끄러운 고양이를 먹고
할 일이 도무지 없어
눈을 감고도 걸을 수 있는 훈련을 하다
계단에 누워
열 번쯤 컹컹 컹컹 짖어본다
열한 번쯤 꼬리를 흔들어본다

어쩌면 나는 진짜 햄스터인지도 모른다
햄스터면서 해바라기씨를 모르고
발칸 반도의 스텝 지대를 모르고
착각하며 과묵하게 죽어갈지 모른다
한때 유행했던 의자에 앉아
그냥 내가 수상한 고라니라는 걸 인정해버려
그냥 내가 불편한 까마귀라는 걸 인정해버려

나는 여느 때와 마찬가지로
귀를 쫑긋 세운 사막여우가 아니다
알 듯 모를 듯한 카멜레온이 아니다
이 시대를 이 시간을
반들반들 윤나게 닦아대는
오늘 나는 배부른 애완견이다
거울을 보며 목줄을 찾아 귀에 걸고
충무로로 간다

따뜻한 손을 가진 내 남자친구는
대뜸 너는 악어새야라고 말한다
내 남자친구는 구관조다

남자친구 손을 잡고 깔깔거리는 나는
정말 악어일지 모른다
정말 비단뱀일지 모른다
태어나기 전부터

어느 새

바람이 불자
어느 새 잠든 사이
어느 새 나풀나풀 서쪽에서 날아오고
어느 새 표정 잃은 먹구름은
어느 새 북쪽으로 날아가고

어둠 속에서 거미들이 텀블링을 한다

어느 새 한 마리 점성술만 믿고
어느 새 동쪽에서 몰려와
어느 새 독이 든 때죽나무에 둥지를 틀고
어느 새 나뭇잎 소리는 조금씩 격렬해지고

거미들이 밤의 퍼포먼스를 하는 동안

어느 새 한 마리 하늘을 뚫고 날아오르고
어느 새 하늘에 매인 채
어느 새 거미의 체액을 빨아먹고
어느 새 나뭇잎 소리는 왼발 오른발 물결을 만들고

거미들은 노랗거나 빨간 불빛으로 숲을 얽어매고

바람이 멈추자

어느 새 부러진 가지에서 눈을 뜨고
어느 새 적막하고 소란스러운 어둠은
어느 새 산길을 벗어나
어느 새 아린 음악 소리와 함께 사라진다

꽃에는 썩은 물고기가 산다

달의 표면에 강물이 반짝인다 누군가 달을 움직인다 달집
이 부서질 때 물은 꽃을 피운다 누군가 달을 움직인다 꽃에
는 썩은 물고기가 살고 음각무늬 외투 속에는 얼룩이 산다
누군가 달을 움직인다 하루를 버틴 대가로 철사로 칭칭 동
여맨 분재 나무를 받아들고 누군가 달을 움직인다 다리 밑
으로 내려가 얇고 질긴 얼룩들을 헹군다 붉게 익은 어둠과
어둠 사이에서 누군가 달을 움직인다 강물이 반짝인다 퍼즐
조각처럼 쪼개진 꽃들이 흘러흘러 어디로 간다

STOP 버튼을 누른다

비가 내린다
지하도에서 석탄빛 바람이 쏟아져나온다
바람에 이리저리 끌려다니는 비닐봉지 같은 사람들
외발로 혹한을 견디는 저 나무들
사이를 비집고
외발 비둘기들이 횟집 앞으로 날아든다
버려진 내장을 서로 물어뜯다
뿔뿔이 흩어진다
텅 빈 내 몸속으로 바람의 칼날이 스민다
하얀 혓바닥을 내밀어
어둠을 핥아먹는 가로등 아래로
비가 내린다
비린 비가(悲歌) 내린다

커서와 나침반
—'문장 - 이미지'의 타자들

조재룡(문학평론가 · 불문학자)

시가 실제의 삶, 저 현실의 삶 속에서 오롯이 살아나고 살아갈 수 있을까? 무한에 가까운 기억과 연동되며, 잡다하고 다망한 경험에서 빚어지는 저 현실에 비해, 시는 오히려 현실을 촘촘하고 압축적이며 간결한 형식의 언어로, 때론 현실에 지나치게 헐렁할 것이 분명한 저 문장들을 부리며, 포괄적인 하나의 현실이 아니라, 현실의 어느 일순간을 재현한다. 시 한 편 한 편은 그렇게 무언가 새로운 것을 시도하는 과정에서 현실의 이면(異面)과 암면(暗面), 다면과 내면을 우리에게 초대하는 일시적이고 고유한 꿈에 가깝다. 김현서의 두번째 시집 『나는 커서』를 읽은 당신은 그러나 특이하다 할 만큼, 이 시인이 자주, 현실에서 제 시를 갈구하고 또 강구해나갈 조건을 타진하며, 시 하나하나를 유기체처럼 구축해 현실과 일상 전체를 비끄러매려 자주 망설이고 주변을 투명한 눈으로 주시하는 일에 고통을 지불한다는 사실을 발견하게 될 것이며, 그렇게 할 수 있는 자의 자격을 일상에서 확보하려 전념한다는 사실도 목격하게 될 것이다. 어쩌면 그는, 이러한 과정 자체를 제 시의 밑감으로 삼아, 각 시마다 낯선 비유를 끌어다 쓰고 독자적인 공간에 입사하여, 삶에서 시의 가치와 존재 이유를 확인하고 구축하여 갱신해내려는 것인지도 모르겠다. 시의 삶을 현실의 삶과 하나로 포개려는 저 불안한 욕망 하나로 일상을 자기편으로 돌려놓으려는 고된 작업을 감행하고 있다고 해야 할까. 현실로 범람하는 시, 흘러넘치는 저 잉여와도 같은 에너지들을 붙잡아 현실과 시를 봉합하려는 이 의지는 대체 무엇인가? 결여된 현실을 시로 받아내야 한다고 여기는 저 결심은 왜 필연의 산물인가? 무엇이어도 좋겠지만, 이러한 물음에 답하는 과정은 단순하지 않다고 해야 하는데, 이는 시인이 그 의도를 덜 감추었다고 보기 어려운 다양한 비유와 낯선 장치로, 어긋나 있는 일상과 시를 하나로 포개려 끊임없이 노력한다는 이유에서 그렇다는 사실을 우선 지적해두기로 한다. 과정은 순탄치 않으며 시인은 그 사실을 잘 알고 있다. 달아나고 휘발되는 시, 보이지 않는 시의 조감도와 청사진은 일상과 기억의 시간을 지금 여기에서 다각도의 시선으로 조망하여 매 순간의 사건으로 전환하는 작업을 요청했을 것이며, 그러기 위해서는 복합적인 발화의 실천자들을 조력자로 필요로 했을 때가 적지 않았을 것이다. 현실에서는 해결되지 않고 제기되지 않을, 그러나 현실보다 결코 덜하다고 말할 수는 없는 긴장이 그의 시를 지배하는 까닭과 그 방식을 묻기로 한다.

인칭들의 구멍

  시에서 자주 불려나오는 저 타자들은 누구인가? 이미지는 어떤 방식으로 시와 현실 이 둘을 하나로 봉합하는 데 주력하는가? 현실과 시가 하나이기를 소원하는 그의 바람은 과연 이루어질 것인가? 첫 시집에서 보여주었던 폭발적인 에너지는 어떻게, 그리고 왜, 숨을 죽인 채, 숨을 고르면서, 자주 긴장에 붙들려 파동과 미동의 섬세한 감각으로 환원되어 나타나는 것이며, 자그마한 내면의 무늬가 현현될 때, 그 틈새로, 그리 자주 다른 모습으로 출몰하는 것인가? 시의 주어가 여럿일 때, 그렇게 주어가 아닐 때, 이는 필시 저 호칭(인칭)이 안내하는 지점과 사뭇 다른 곳을 시가 바라보고 있다는 것을 의미한다. 아니 그 쓰임을 측정하고 환원하는 작업은 차라리 언표의 차원에서는 불가능할 것이며, 그래서 오히려 우리는, 고유하다 할, 그러니까 시적 발화가 생성되는 기원이나 미지의 목소리가 흘러나오는 원인을 따져 묻게 한다.

또 가고 있다 갈비뼈 사이로 터벅터벅

토요일, 나는 벽에 박힌 햇살을 세고 그녀는 깽깽거리며 화분을 옮긴다

일요일, 나는 그녀가 옮겨놓은 화분에 사료를 던져주고 그녀는 긴 혀로 의자와 나를 엮어놓는다 나는 오른손을 흔들어주고

월요일 아침이면, 그녀는 시계의 배를 가르고 홍수에

휘말린 꽃을 꺼내 햇빛에 말린다 밤이 되자 꽃의 배란이
시작되고

　화요일, 나는 내 자신에게 쫓기고 그녀는 824번 출근 버
스에 쫓기고

　목요일 저녁, 사채업자가 방문했을 때 그녀는 제 몸을
뜯어 지불하고 나는 국을 끓인다

　금요일, 장미는 담장을 기어오르고 붉은 신호등이 켜지
기 전 육수가 된 그녀와 육수를 들이켜는 나

　또 가고 있다 갈비뼈 사이로 터벅터벅
　　　　　　　　　—「붉은 신호등이 켜지기 전」전문

　현실과 시는 대결 구도 속에서 그려지지 않는다. '그녀'
와 '나'는 충돌하지 않으며 차마 그럴 수 없을 것이다. 하나
에서 분열되어 나온 각각의 존재도 아니다. '그녀'는 누구
인가? '그녀'는 나다. '나'는 누구인가. 나는 '그녀'다. 그럼
왜, 서로 다른 인칭의 탈을 쓰고 다른 일을 행하는 것처럼
기술했는가? 아니다. 다른 일을 하는 것이 아니며, 다른 일
을 할 수가 없다. 무슨 말인가? 단 하나의 시적 주어가 있
을 뿐이며, 이 주어는 현실 수행자의 자격으로 시를 "들이

켜는"행위를 통해서만, 제 존재의 타당성을 확인해낸다고 하겠다. 김현서는 현실을 벗어난 공간으로 시를 이동시키지 않아야 한다는 사실을 직관적으로 알고 있으며, 그것이 가장 정직한 자신의 모습이라고 믿는다. 정직하다는 말은 이 경우, 시적 자아와 현실적 자아의 분리될 수 없음을 고지하는 일에 고통스러워하기 때문만이 아니라, 현실과 시를 이질적으로 생각하면 시가 추상의 길을 걷거나 감상의 나열에 불과할 수 있다는, 저 두려움에서도 비롯된 것이다. 김현서의 시는 현실과 시를 대면해야 할 무엇으로 여기지 않으며, 하나를 망각하고 하나에 몰두하거나, 하나를 저버린 대가로 성취하게 될 무엇으로 이 각각을 몰고 가지 않는다. 현실과 동떨어진 피안을 제 시심으로 붙잡아두지 않으려는 기이한 노력은 가령, "그녀는 긴 혀로 의자와 나를 엮어놓는다"고 말한 것처럼, 아니 "시계의 배를 가르고 홍수에 휘말린 꽃을 꺼내 햇빛에 말"리는 "그녀"의 행위로부터 "밤이 되자 꽃의 배란이 시작"된다는 발화에서 엿볼 수 있는데, 이는 시라고 부를, 모종의 궁리와 고안이, 오로지 일상에서 착수되어야만 한다는 사고가 시인에게 있기 때문에 가능한 상상력의 소산이기 때문이다.

시를 궁리하는 일은 어떻게 제 실현 가능성을 타진하는 가? "검은 풍경들을 먹을 시간"(「네펜테스믹스타」)을 일상에서 확보하는 일은 어떻게 가능할 것이며, "먹어도 먹어도 채워지지 않는 이 새파란 허기"(「폭식가 K양의 멈출 수 없는 입」)는 또 어떻게 달랠 것인가? 시를 위해, 시를 쓰기 위해, 자신의 주변과 기억을 백지에서 대면하는 일은 차라리 이 시인에게는 자신이 임해야 하는 최소한의 시적 윤리이자, 시 그 자체이기도 할 것이다. 시집에서 나는 '아이'이기도 하고, '아내'이기도 하며, '어머니'이기도, '딸'이기도 하지만, 이 '나'는 그 어디에 속한다고 말할 수 없으며, 이와 동시에 그 어디에서도 벗어나지 못하는 '나'라고 해야 한다. 이 각각의 교집합의 내가 시를 쓰는 주체라는 사실을 명확히 인지한 상태에서조차, 김현서의 시는 쉽게 붙잡히지 않는데, 이는 어느 한 시간대에 집중하여 딸—어머니—아내가 하나로 맞물린 상태를 고지하거나, 기억과 미래를 모두 담지한 단 하나의 시적 시간 속에서, 최소한 삼분된 자아가 등장하여, 하나의 일을 도모하려 하기 때문이다.

　　너는 얼룩무늬 환약을 먹고 매일
　　강박증 피아노를 친다
　　노랑나비가 노란 꽃 속에 제 피를 넣어 문병 온다

　　색안경 쥐들—허기진 빵조각의 색깔—본색

　　초승달이 안개를 데리고 산책한다 템포에 맞춰
　　풍경을 감춰버리는 거리
　　뭉텅뭉텅 뜯겨나간 집과 사람과 나무와

진홍 하늘—다져놓은 진통제—금방 놓아준 늑대의 울음

어둡다기에 불을 끄고 본다 너의 푸른 심장
이제 발로 으깨는 일만 남았다
                              —「색깔들」 부분

너는 밤이라는 조명을 켜고
나는 새로운 경로를 설정한다

누군가 물려준 오선지를 따라
디카포를 지나 크레셴도로 달리고 달리는

매연과 먼지의 리듬 사이
너와 나 사이
이미 지나버린 자유로 같은 쉼표가 서 있다

너의 눈엔 폭염이 있고
심장이 떨리는 본능이 있고
모든 진동을 흡수하는 악상을 떠올린다
                           —「음역을 이탈한—질주」 부분

김현서의 시집에는 이렇게 모든 연령대의 인물이 되어,

그렇게 자기 자신(최소한 자신의 삶의 일부)인 자아들의 그림자가 되어, 이 그림자와 분신들의 세계를 경험하면서, 하나로 그러모아, 시적 조건들을 타진해내고, 고유한 목소리를 고안하기 위해 힘겨운 싸움을 은밀하게 전개하는 주체가 자리한다. '너'는 이인칭이 아니라 타자들의 다른 이름인 것이다. 바로 이 타자들과 함께, 타자들의 시간과 기억과 공간과 더불어, 시인은 물리쳐야 할 것은 물리치고, 받아들여야 할 것은 받아들이며, 기억해야 할 것은 기억하고, 수긍해야 할 것은 수긍하며, 비판해야 할 것은 비판한다. 시라는 세계, 시적 자아 하나로 이 세계의 파장을 모두를 받아내야, 시 쓰는 자의 저 책무에 당당할 수 있으며 시를 써야 하는 이유를 정당화해낼 수 있을 것이고, 시를 쓸 힘을 얻어낼 수 있을 것이다. 이 타자들과 함께 "이미 지나가버린 자유로 같은 쉼표"를 보고, "모든 진동을 흡수하는 악상을 떠올"리며, "강박증 피아노"를 치는, 바로 그런 일을, 저 불가능한 일을 김현서는 굳건하게 해낸다. 그의 시가 이렇게, 타자들을 받아들이고 물리치면서, 그들과 함께 매 시간과 매 기억의 고비를 돌아 나오고, 지금 – 여기의 세계, 그러니까 외부와 일상의 견고한 벽을 뚫어 열린 작은 공간을 기록하는 일에 전념하는 것은 "한때의 격정으로 평생을 흔들리는 그네"(「그여자」)를 지금 – 여기서도 멈추지 않고 연장해낼 유일한 방법이 이것밖에 없기 때문이다.

나는 판화를 찍고
그는 모기처럼 내 주위를 맴돈다
판화 속에는 윤곽이 사라진 물고기가
밤마다 새로운 물길을 만들고
나는 어항의 물을 쏟아버린다

그는 판화 속에서 버둥거리는
노란색 물고기 빨간색 물고기 파란색 물고기
아가미를 그리고 등줄기를 그리고
나는 물고기 한 마리 달고 외출한다

그는 언제나 어딜 가냐고 묻고
나는 보라색 나무 한 그루를 내민다
보라색 나무에는
아프고 지친 잠자리가 날아와 노래를 하고
그는 나이테를 깎아 구두를 만들어
내 발에 신긴다

해가 질 무렵 잠자리는 날아가고
내 발엔 균열이 생기고
피가 묻은 구두에 끌려 집으로 돌아온다

8시가 되자 그는

라디오의 볼륨을 높이고
일주일 치의 포장품을 뜯는다
나는 이어폰을 꽂고
쏟아진 어항의 물로 밥을 짓고
비린내 나는 식탁에 앉는다

우린 울지도 않고 웃지도 않고
우린 잠깐 잠깐
죽은 듯이 엎드려 있다가
밤이 되면 눈이 없는 인형처럼 서로를 잠재운다

방송이 끝난 TV는 지지직거리고
우리의 여덟번째 밤이 깊어간다
메마른 꿈이 깊어간다

—「방문객」 전문

  김현서는 복합적이고 다층적인 시적 언어에 휘말린, 그렇
게 백지 위에 초대된 자들과 제 삶의 운명을 함께하며 시를
쓴다. 시를 쓰는 행위는 비단 인칭대명사의 이중적 화법에
서 발생한 모종의 효과에 이 시인이 기대를 걸고 있다는 것
이 아니라, 차라리 타자에 위탁하고 타자를 받아들이고, 타
자와 함께 나아가야만 하는, 일종의 당위에 가깝다. 시적 성
취의 열망이 현실에서 결핍의 형태로 드러나는 것은, 일상

이 늘 바쁘고 힘겨운 사안들로 구성되기 때문만은 아니다. 타자와 시적 자아, 이 양자 간의 괴리는 과연 어떤 방식으로 상쇄되는 걸까? 시가 절망과 상처를 밀고 나가는 과정에서 치열함을 드러낼 때, 실제의 삶은 꿈이라는 형태로 열리는 삶의 구멍이 되기도 할 것이며, 이때 시적 자유의 길이 열리기도 할 것이다. 김현서는 오히려 어떤 충격을 받아 그 충격을 표현하는 것이 아니라, 꿈의 완성을 위해 타자와 함께하는 길을 모색한다. 나와 너의 저 양각을 기록하면서, 서로의 차이를 변별하고, 각자의 행위에 서로 협조를 구하는 과정에서 도출된 "우리"는, 결국 "메마른 꿈"을 이 삶에서 추방하지 않으려는, 그럴 수 없는 "우리", 즉 시적 주체인 것이다. 시는 이렇게 "메마른 꿈"이며, 이 꿈은 타자("그")와 함께 꾸는 꿈이다. 너무나 많은 빛, 너무나도 찬란한 빛이 오히려 제 발등을 컴컴하게 한다는 것일까? 아니다. 그것은 오히려 결핍과 부재의 삶, 고단한 우리 삶에서 하루하루, 너와 나의 양각을 매개할 고리를 발견하려는 의지로 시를 쓰고 있다는 힘겨운 시인의 고백에 가깝다.

하루는 내 발목을 놓아주지 않는
하루는 노을이 깔린 잔잔한 파도
하루는 멀고먼 불길 속의 북극성
너무 늦게 나를 깨워주는 야윈 손

하루는 옮겨 심어야 할 모종
불길한 연기
하루는 내 실명한 웃음이 끓고 있는 냄비
쭉 저녁 무렵처럼
나와 한패

—「음역을 이탈한─하루」 부분

　바로 이 타자들과 함께 겪어내는 삶이 나를 살게 한다. 삶은 내가 살아가는 것이 아닐 수도 있다. 시는 내가 쓰는 것이 아니라, 삶이, 저 타자들과 함께하는 삶이 쓰게 하는 것일 수도 있다. 이러한 사실은 두 편의「숲이 앵무새를 가꾼다」에서 등장하는 비유의 체계 속에서 강력하게 암시되어 나타난다. 독해가 쉽지 않은 이 연작시를 방금 읽은 당신의 머릿속에서는 이런 물음들이 떠돌고 있을지도 모른다. 앵무새가 숲속에 있다? 앵무새? 중얼거리며 반복하는 존재? 숲? 나무들로 이루어진 커다란 풍경? 배경? 일상? 삶? 당신의 이 연속된 물음은, 말을 운용하는 시인의 어법에 당신이 이윽고 눈길을 줄 때, 더이상 물음이 아니라, 비유의 체계 속에서 시가 기획되었다는 사실을 확인하는 절차와 만나게 될 것이다. 앵무새에게 살아갈 에너지를, 제 터를 주는 것은 숲이다, 앵무새를 '다시' 살게 해주는 것은 이렇게 숲이다, 라고 시인은 말하는 것이 아닐까? 시를 고안하고 실천하려 애쓰는 어떤 상태에 대한 비유가 숲과 앵무새의 은유 속에서

표현되고 있는 것은 아닐까? "털갈이가 끝나면/ 숲은 앵무
새의 몸에 빨대를 꽂는다"와 같은 구절은, 숲을 이루고 있
는, 어느 나뭇가지 하나에 올라앉은 앵무새의 모습을 그린
것이지만, 반복되는 시작(始作, 詩作), 그러니까 우리가 시
상이라고 말하는 저 무형의 덩어리를 제 착상의 언어로 빚
어내며 이 세계, 이 일상, 이 삶을 자기에게로 돌려놓아야
하는 자의 (시적) 책무에 관한 비유는 아닌가? 이 책무가
어떤 주기 속에서 꾸준히 시인을 찾아온다는 사실을 암시하
는 것은 아닌가? 시집 전반을 지배하고 있는 강력한 모티프
하나가 여기에서 도출되는 것은 아닐까. 다시 말해, 내 안에
있는 시적 에너지를 발현하기 위해서 일상의 틈입을 찾아내
야 하고, 이 틈입을 열고 들어가, 나만의 공간과 시간과 기
억과 풍경을 기록하려 필사의 노력을 기울이는 행위, 그러
나 결국 타자와 함께 이루어낼 수밖에 없는, 가령, "딸의 꿈
속"에 "등장"(「누가 아서를 키울까」)하는 나, "내 가슴에 하
얀 기둥을 박아대는 당신"(「서치라이트」)이 함께 "사방연속
무늬로 번져가는 기억"(「내가 진짜로 웃기 전에」)을 살려내
는 일, 그러니까, 타자를 통해, 타자에 의해, 타자와 함께, "
밤인 듯 낮인 하루가 가고 하루가 시작"(「폭설」)되는 순간
을 맞이하고, "생활이 흔들리고 죽음도 흔들흔들 웃는" 순간
을 "잇몸을 드러내며"(「10시 27분 버스」) 겪어내고, 본능적
으로 "내 발이 먼저" 알고 있는 "열기의 순간"에 입사하여 "
바닥에 깔린 당신의 눈물"(「바닥에 깔린 스테이크」)을 직접

맛보는 일, "오전과 오후 사이의 거울 속으로 날아가는" 저 "사라지지 않는 악몽의 종소리"(「관점」)를 듣는 일처럼, 김현서에게 시란 결국 타자와 함께해야 하는 일이다.

그자와 이자는 몇 세기에 걸쳐
같은 노래를 불렀다
시간은 불속에서 방금 꺼낸 군고구마
사랑은 구멍난 종이봉지
손을 대면 화르르 타오르는 장작불 속의 공포

그자와 이자는 몇 세기를 걸쳐
서로를 부정하다 손을 잡았고 다시 부정했다
그자와 이자는 실패를 반복했고
그때마다 직업과 주소를 바꾸고
몸의 길이를 바꿨다
새로 맞춘 옷을 입고
그자와 이자는 누군가 흘려보낸
마른 강물 소리를 들으며 건기를 보냈다

그자와 이자는 앞을 볼 수 없었지만
몇 세기를 걸쳐 새로운 발성법을 익히고
새로운 눈을 찾아 이자(利子)를 점점 늘려갔다
저녁이 오기 전에 식탁을 차려놓고

그자가 예치한 이자를 복제해서
새로운 저자(著者)를 내게 덧붙여 주었다

이자는 내게 노래하는 아침을 주었다
나는 노래하는 아침을 탁자에 올려놓았다
액자에 끼워넣었다
오븐에 넣었다
건조대에 널었다
창문에 붙였다

몇 세기가 흘렀지만 나는
그자와 이자가 공모해서 죽인
저자의 얼굴을 또렷하게 기억한다
나와 동시에 살아갈 또다른 나의 얼굴
　　　　　　—「『낮과 밤』, 저자의 얼굴」전문

　저자(著者)의 지위는 어떻게 확보되는가? "같은 노래"
를 불렀던 "그자"와 "이자"는 "서로를 부정하다 손을 잡았
고 다시 부정"하는 과정에서, 그렇게 "실패를 반복"하였지
만, "몇 세기를 걸쳐 새로운 발성법"을 고안한다. 이자(利
子)는 나에게 "새로운 발성법"을 발화할 수 없게 가로막는,
그렇게 주어진, 생활을 짊어져야 하는 모종의 임무를 부여
했을 것이다. 그렇게 생활의 책임자가 된 나는 "새로운 저

자"가 되었다. 이게 끝일까? 그렇지 않다. 시인은 "나와 동시에 살아갈 또다른 나의 얼굴"을 "또렷하게 기억한다"는 말로, 제 시를 마감하고 있기 때문이다. 시는 이렇게 김현서에게 "그자와 이자가 공모해서 죽인" 무엇, 그러나 "새로운 눈을 찾아" 함께 그 덩치를 불려낸 "이자"와도 같은 것, 그렇게 제 삶에서 빚진 무엇, 제 주변에 아무것도 남아 있지 않았을 때, 기댈 것이 모조리 사라져버렸을 때조차, 그럼에도 타자와 함께 제 삶을 통째로 걸고 임하는, 그렇게 쏘아올린 한 줄기 광채 같은 것이다.

문장 – 이미지의 변주

김현서의 시집 전반에 등장하는 다양한 화자들은 이렇게 거개는 가족의 울타리를 벗어나지 않으며, 문법적으로 서로 상이한 격(格)의 소유자이자 시에 다양한 목소리를 입혀내는 다수의 화자이기도 하지만, 시를 생활에서 실현하고, 생활이 시가 될 수 있게끔 제 언어로 붙들어 매기 위해 반드시 등장해야 하는, 오로지 그런 방식으로만 현실과 시를 하나로 봉합하는 데 없어서는 안 될 필연의 존재들이며, 결국 나의 화신, 나의 분신, 나라는 일인칭의 목소리 속에서만 제 존재의 자격을 얻는, 그러니까 단 하나의 시적 주어일 것이다. 모든 인칭은 김현서의 시에서 이렇게 일인칭의 목소리를 내거나 적어도 그렇게 되기 위해 협조를 하며, 이때 중요한 것은 바로 이런 방식으로, 과거와 현재라는 물리적 시제를 하나로 꿰뚫어내고, 안과 밖이라는 공간의 구분을 무화시키며, 대상과 화자의 경계를 무너뜨리고, 시각에서 촉각으로 관점의 전환을 요청하는 문장 – 이미지의 시학을 완수하는 데 몰두한다는 것이다. 시집의 첫 작품「화요일 오후」의 전문을 인용한다.

내 스웨터를 걸친 그림자가
조용히 매장을 돌고 있다

라일락 향기처럼
그가 남긴 흔적들이 햇빛을 받아 반짝인다

팝콘의 고소한 냄새 숨소리 스트라이프 무늬 카페모카

그에게 서서히 중독되어간다

쇼윈도 너머로
나 같은 마네킹이 휘청거리며 걷고 있다

햇빛에 눈물이 탄다

나는 "내 스웨터를 걸친 그림자"를 바라보고 있다. 이 "그림자"는 "그"로 표현되지만, 삼인칭의 "그"가 아니며, 그러한 독법은 허용되지 않는다. 하나의 시점이 둘 이상의 대상에게 뻗어 주변을 다르게 재편하고 있기 때문이다. 시각은 오히려 촉각의 문을 열게 해주는 착시의 효과를 자아내는 데 일조한다. 시를 읽는 우리가, 재편된 주변, 그러니까 "팝콘의 고소한 냄새 숨소리 스트라이프 무늬 카페모카"에 젖어 어느새 시각에서 차츰 벗어나게 되는 것은 이 때문이다. 바로 이 순간, 이상한 감성의 세계 속으로 빨려가 "그에게 서서히 중독되어"간다는 사실에 잠시 주목하면, 결국 "나 같은 마네킹"이 저 편에서 "휘청거리며 걷고 있다"와 같은, 나와 그의 분리는, 인칭이 구속하는 문법의 역장에도 불구하고, 시에서 좀처럼 허용되지 않는다. 주관적인 시적 세계는 이렇게 조용히 열게 된다. 이러한 관점을 견지하면서 시집을 좇다보면, 우리는 얼마 안 가 이 시인이, 연작의 형태로 시집 전체를 구성하려 했다는 사실을 알게 된다. 구성 방법은 기이하고도 절묘하다. "햇빛에 눈물이 탄다"로 마감한 첫 시의 촉각적 감성은 「10시 27분 버스」로 넘어와 좀 다른 방식으로 펼쳐진다. 가령 "노인이 탄다 죽음이 뒤따라 타고 임산부가 탄다 빛이 탄다 내 몸을 통과한 시간이 탄다 까맣게 탄다"처럼, '타다'라는 동사의 잠재력을 십분 활용하면서 정태적·행위적 기능 전반으로 동사의 단일한 쓰임을 넓혀내, 결국 시의 다의성과 복합성, 중의성과 복수성의 목소리를 빚어내고 만다. 앞 작품의 수동적 주시의 감각을 버스를 타는 행위로 변형하면서 연장해내는 것이다. 이것이 끝이 아니다. "길바닥에 핏덩이를 떨어뜨리고 도망치는 저 매정한 엄마"로 마무리되는 이 작품 역시, 다음 시 「칸나의 뿌리」에서 또다른 방식으로 되살아나기 때문이다. 마지막 두 연을 인용한다.

> 아직 동이 트기 전
> 칸나는 간신히 엄마의 뱃속에서 나왔지
>
> 엄마의 저린 손에서 눈물로 짠 새 한 마리
> 달빛 속으로 날아갔지

물론 이렇게 마감되는 이야기는 다음 시 「영산홍」에서도 고스란히 이어진다. "이른봄 몸속에서 꺼낸/ 붉은 고통 한 송이/ 도마 위의 물고기처럼 파닥거리며/ 웃네"로 시작하여, 앞선 작품을 아우르고, 나아가 시집 전반을 매우 복합적인 이미지와 감각으로 묶어나간다. 이와 같은 방식으로 김현서는 서로가 모종의 연관을 맺고 있는 낱말과 문장 사이의 간격을 크게 벌리며, 화려한 수사를 배제하고 잡다한 서술을 최소한으로 줄여내 생겨난 여백을 시에서 창출하고, 이 여백을 통해 "말해진 것과 말해지지 않은 것 사이의 관계"[1]를 표현하는 '문장 – 이미지'의 독특한 공간을 만들어낸다. 이렇게 되면 시의 '문장'은 뜻을 풀어 해석을 덧붙이는 일이 쉽지 않은 '말할 수 없음'을 고지하는 순간에 봉착하게 되고, '이미지'는 더이상 '보다'의 기계적 파생물 수준에 정박되지 않는다. 문장 - 이미지는 서로 분리될 수 없을 뿐만 아니라, 문장과 이미지가 서로가 서로를 보조하고 지탱해준다는 전제하에서만 가능한 독서를 우리에게 선사한다. "칸나"나 "영산홍"의 저 꽃의 이미지, "어둠 속에서 서로의 아픈 뿌리를 어루만"졌던 "모두 어둠에 묻혀" 지내던 시절의 저 "살아 움직이는 꽃들"(「칸나의 뿌리」)과 "너무 캄캄해서/ 금방이라도 터질 것 같은 붉은 꽃"(「영산홍」)이 서로 호응하면서 도출된 이미지는, 보는 행위나 말하는 행위 각각의 개별적 소산이 아니라, 이 양자의 경계를 붕괴한 관점에서만 접근이 가능한 독서를 작품 전반에 요청하고 만다. 따라서 시 하나하나는 독립적인 단위를 넘어서 '문장 - 이미지'의 작동 방식에 지배를 받으며, 연작은 하나의 덩어리로 읽을 수밖에 없게 된다. 이렇게 「탱고라 불리는 상자」의 "죽은 아이 곁에 피어 있었"던 저 "노란 머리핀을 닮은 꽃들"은 오로지 앞 작품들과의 연관성 속에서만 제 독서를 허용한다. 이와 같은 사실은, 김현서의 시 각각과 각각 시의 문장들은 시집 전체를 헤아려 접근할 때만 고유한 의미의 영역을 여는 발화의 순간을 창출하며, 단순한 시각 이상의 감

---

1) 자크 랑시에르, 『이미지의 운명』, 김상운 옮김, 현실문화, 2014, 86쪽.

각적 차원에서 복합적인 이미지의 형성에 전념한다는 사실을 말해준다.

> 치유될 수 없는 상처를 남기며
> 담장의 갈라진 늑골을 따라 조깅하는 자
>
> 죽음의 홍등을 들고
> 안개가 두런거리는 무대 위에서
>
> —「덩굴장미」 전문

> 가방은 무겁고 새벽 2시의 침묵은
> 막대사탕처럼 달고 아프다
> 오랫동안 졸음을 참으며
> 철심 교정기를 낀 강가를 걷는다
> 매끈하게 빗어 넘긴 물풀 사이로
> 어둠으로 색칠한 간판들이 보인다
> 아름다운 불빛들이 삐걱거리는 거리
> 그의 다리와 내 다리를 합치면
> 완벽한 테이블이 된다
>
> —「칸타타 사탕가게」 부분

시는 이렇게 시각의 익숙함에 경고를 내린다. 「덩굴장미」에서 보는 행위는 벽의 입장에서 취해진 것이라 하겠다. 장

114

미덩굴이 벽을 기어오르고 있는, 단순한 장면을 벽의 시선을 따라가며 표현해낸 이 작품은, 그러나 몇몇 이질적인 장면들의 중첩이나 의도적인 포개기뿐만 아니라, 단 한 차례의 보는 행위(영화의 '숏'에 해당되는)나 동일한 시간과 장소에서 이루어진 자잘한 사건에 대한 묘사(영화의 '신'이라고 할)도 하나로 합쳐놓았다고 해야 한다. 더구나 장면의 프레임 자체가 아예 조깅하는 자의 시선에서 구성되었을 가능성도 배제할 수 없다. 언젠가 시들고 말 장미 하나가 고개를 들고 담벼락에 매달려 있는 모습을 "죽음의 홍등"이라 표현하여, "상처"와 "죽음"이 느슨하게 "조깅하는 자"의 운동의 이미지와 하나로 묶이면, 시 전반에서 시간의 장벽도 서서히 허물어지고 만다. 안개가 자욱한 어느 날 아침, "조깅하던 자"가 퍼뜩 떠올린, 플래시 백과도 닮아 있다고 할, 저 "치유될 수 없는 상처"와 같은, 문장 – 이미지가 오히려 "두리번거리는 무대"의 주인일 수도 있는 것이다. 또한 "바닥에 떨어진 불빛들이/ 주르륵 내 발을 타고 올라온다"(「칸타타 사탕가게」)고 헤드라이트 불빛의 운동성을 표현하였지만, 그 시점은 "어둠으로 두 *뺨이 불룩해진 사탕가게 앞*"이거나, 고된 일을 마치고 뒤늦게 귀가하는 길의 저 철교 아래에서 다소 어색하게 맞이한("*철심 교정기를 낀 강가*") 산책이 있은 후, 집에 돌아와 식탁 위("*테이블*") 마주앉아 산책의 파트너를 앞에 두고 혼자 해보는 회상을 문장 – 이미지로 구성해본 것일 수도 있다. 김현서의 시에서 초점은 복합적이며, 시

115

점은 시간을 무지르고, 문장은 서로 거리가 멀어, 매우 특수한 인과성을 시에 결부시킨다. 김현서의 시는 이렇게 집약하면서 분산하는 이미지들과 시간에서 자유로운 사유를 추동하고 여백을 창출하는 문장들이 협연을 하면서 뿜어내는 고유한 발화의 운동성, 아슬아슬한 긴장과 미세한 떨림으로 지어올린 의미의 구조물이다.

내면의 무늬들

'문장-이미지'는 타자의 화법, 타자의 말들, 타자들과 공유한 경험과 기억으로 시인이 제 시집의 커다란 밑그림을 그렸으며, 이는 첫 시집 『코르셋을 입은 거울』에서 시인이 보여주었던 폭발적인 에너지가, 이번 시집에서는 다소 조절되어 나타난다는 사실도 말해준다. 그의 시는 시각을 벗어났다고 말할 수 없지만, 시각으로는 접사할 수 없는, 차라리 촉각에 가까운 세계, 촉각적 인식을 요청하는 세계에 맞닿아 있는, 깊숙이 가라앉은 내면의 저 아이스버그의 조금만 돌출된 부분과도 같다. 김현서의 시를 읽고 난 다음, 우리는 어느덧 다른 곳에 도착하게 되는데, 이는 보는 행위로 촉지가 가능해지는 순간들이 만나게 되기 때문이다. 이렇게 그는 긴장과 떨림의 아슬아슬한 균형을 감각적인 언어로 조절해내는 데 성공한다. 시에서, 시를 통해, 아주 조금만 드러내야 한다고 생각했던 것은 차라리 제 마음의 무늬는 아니었을까?
마음속 깊이 새겨진 "검은 문신"과도 같은 것, "환영 같은
물결을 새겨넣은"(「티투 아티스트」) 마음의 문양들, 시간이
검열을 하고, 현실이 억압을 하며, 좀처럼 꺼낼 수 없었고,
꺼내는 일이 허용되지 않았던 것들, 그러나 세계를 보다 단
단하고 확실한 감각의 세계로 마주할 수 있고, 섬세하고 세
밀한 자기만의 방식으로 그려낼 수 있다고 믿는 무엇을 백
지 위로 조심스레 걸어들어오게 한 것은 아니었을까? 그렇
게 미지의 실현이라는 저 열망, 저 성취되기 어려운, 불가능
성의 가능성의 실현에 이 시인이 긴장과 떨림으로 조심스레
내기를 걸고 있는 것은 아닐까?

　　나는 커서 눈 밑의 반점
　　나는 커서 선물 상자
　　나는 커서 빨강 머리 소녀

　　나는 커서 잠이 깼을 때
　　나는 커서 죽은 지 6년 된 굴참나무
　　나는 커서 밑동에서 자라난 독버섯
　　나는 커서 방문을 열고 나갔지

　　나는 커서 깜빡거리는 별똥별
　　나는 커서 피아노

나는 커서 외발 당나귀와 길을 걸었지

　　나는 커서 눈을 감고 생각했지
　　나는 커서 까만 털에 붙어사는 이상한 벌레
　　나는 커서 초가 꽂혀 있는 조그만 케이크
　　나는 커서 천 번도 넘게 맞춰본 퍼즐
　　나는 커서 참 재미있었지

　　나는 커서 알게 되었지
　　나는 커서 사라진 토끼
　　　　　　　　　　　　　　　　—「나는 커서」전문

　　김현서에게 시는, 김현서의 시는, 미완의 시간 속에서 제 삶을 살아가고, 또 살아낼 것이다. 잘 조절하지 않으면, 붙잡아두지 않으면, 금방 다른 곳에 가 있거나 눈앞에서 이내 사라져 어딘가에 숨어버리는 커서(cursor), 그러나 결국, 흔들리면서 방향을 잡아나가는 커서처럼 작은 충격에도 달아나는 삶의 저 여파와 여진에도 불구하고 그는 제 중심을 찾아나갈 것이다. 세계는, 현실은 그에게 늘 흔들리는, 그렇게 감추어진 꿈이었지만, 그 꿈은 이상하고 엉뚱한 꿈이 아니라, 차라리 아주 오래전부터 실현해야 할 꿈이었을 것이다. "깜빡거리는 별똥별"은 성장한 이후, 자신이 되고자 했던 어릴 적 소망을 지시하지만, 어린 나의 저 소망은 모든

것이 깜빡거리는 지금 – 여기에서, 그 모습 그대로, 성장과
떨림이 하나의 동체가 되어 이 세계에서 제 좌표를 잡아가
야 하는 실천의 대상이 되었을 것이다. 시인은 불안한 모습
으로 살아가고 있는 모든 존재들과 그들의 절룩거리는 삶이
이루지 못했던 꿈, 경이로운 감정을 불러일으키는 무언의
대상들이 언어의 손길로 깨어나려 매일 꾸는 꿈과도 같은
삶과 다른 삶을 꿈꾼 적이 한 번도 없다. 그는 저 내면 깊숙
이 가라앉아 다시 떠오르지 않을 무엇에 대해, 더러 그 상실
을 염려하고 자주 고통스러워하면서, 무엇 지금 – 여기로 이
미지의 덩어리를 꺼내보려는 힘겨운 몸짓으로 제 시의 잘
보이지 않는 이정표를 더듬어나갈 수 있는 시적 용기를 꺼
내려 늘 채비하고 있었던 것은 아닐까? 절망의 랩소디에 가
까운 그의 시는, 현실에서의 좌절이나 삶이 무시로 폭격을
가하는 환멸의 사건들을 하나로 그러모으는 것이 아니라, "
열 수도 없는 저 창으로/ 나는 무엇을 보려 하는가"라는 '시
인의 말'의 한 구절처럼, 차라리 절망적인 현실에 맞서, 제
시적 자아를 확보하려 애쓸 때 흘러나온, 그렇게 시의 "창"
을 열려한다는 역치와 역설의 목소리는 아닐까?

　　지금 두 손을 모으고
　　새로운 씨앗을 모으고 있어요
　　새로운 말을 모으고 있어요
　　나는 더 교묘하게

나는 정전기처럼 빛나는 알약이에요
나는 더 완벽하게 시시각각 표정을 바꾸는
나는 참 다루기 힘든 나침반이에요

—「빈 꽃병」 부분

　그렇게 흔들리는 "나침반"처럼, 아슬아슬하게 긴장을 유
지하면서 제 삶을 마주하고 삶을 살아내며, 그럼에도 "연필
에 침을 바르고 지도를 꺼"내, 세계를 자신의 주위로 돌려놓
고자, 그 좌절과 절망을, 삶의 좌절이나 절망과 하나로 붙들
어 매며, "부러진 연필심처럼" 그는 시쓰기에 몰입하고 있는
것은 아닐까? 그래서 차라리 "둘러보면 아무것도 없는/ 방
과 방 사이 안개를 배양하는 저 여자"(「107동 202호」)가 되
고, "유리 가루 같은 햇빛을 뭉쳐 내게 던지며/ 페르시아 장
미를 만들던 그 시간"에 대해 "모든 건 설정이었을까"라고
모종의 의혹을 품으면서도, 절규하듯 "나는 아직도/ 네가 준
관광지도 속에서 길을 잃고 헤매고/ 물고기가 보이지 않는
바다와 싸"(「음역을 이탈한—간격」)우고 있다고 말할 수 있
는 것은 아닐까? "언제나 열려 있는 검은 무덤"을 주시하기
위해 "골목 입구"에서 "골목 끝에서 시작되는 또다른 검은
골목"(「네펜테스믹스타」)을 맞이하고 있는 것은 아닐까? 자
신을 방해하는 모든 것들을 거부하려는 용기로 삶과 일상에
고여 있는 감정들과 삶과 일상을 구성하는 미지의 대상들에
게 주체의 자리를 내주면서, 객관적이고 수동적인 문법으로

조심스레 그들의 가치를 기록하려는 것은 아닐까? "내가 일어나기 전 상자"가 "이미 와 있"다면, 아니 이 "상자"가 "육면의 이른 새 벽"(「택배」)이라고 한다면, 벽에 둘러싸인 이 시인은 무언가를 착수할 '새벽'의 꿈을 실현하기 위해 어떻게 제 싸움을 전개해나갈 것인가? "새벽"과 "새 벽", "어느 새"(「어느 새」)나 "비만 한 집"(「난 비만 한 집」)처럼 띄어쓰기의 활용을 통한 의미의 복수성을 상정하기, 동사-명사의 복합적 활용("판다", 「판다」)을 통해 중심을 분산하기, 명사와 지시 형용사 사이의 중의적 활용("슬픔 한 가닥이 이 사이에 끼어 빠지지 않네", 「저녁식사」)을 통한 감정을 조절하기, 주어를 동사로 전환하여(「오직 날 뿐」) 욕망의 수위를 조절하기, 수량 형용사의 소유격화("네 시간 간격으로 너는", 「네 시간」)를 통해 주어의 감정을 시간화하기, 고정된 통사구 하나를 반복하여 맥락을 조절하고 의미의 중심을 분산시키기 등등, 시집 전반에서 자주 등장하는, 같은 말의 다른 해석을 유도하는 어법의 사용은, 연관성을 지니고 있는 낱말을 일시에 시 안에서 끌어내 발화의 에너지를 증폭시키는 기교의 장치가 아니라, 오히려 자아의 과도한 분출을 억제하여, 차분하고 중립적인 시선에 기대어 고유한 시적 문법을 발견하려는 의지의 소산이라는 사실을 부기한다.

김현서의 시선은 이렇게 다양한 시각에 기대어 다채로운 풍경을 물들이거나 감각을 끌어모아 일시적으로 폭발시켜 굵직한 사건 하나를 만들어내는 데 주력하는 것이 아니라,

오히려 타자와의 균형을 유지하려 할 때 발생하는 기묘한 긴장과 떨림을 살려내는 데 전념하며, 그 긴장으로 고유한 시적 자장을 분출하고, 목소리의 수위를 조절해낸다. 밖을 향해 쏟아내는 환멸과 절망의 폭발적인 발화의 힘으로 독자들에게 적잖은 충격을 주었던 첫 시집에 비해, 이번 시집은 형식과 구조는 물론, 목소리의 측면에서 잔잔하고 정갈하지만, 오히려 내면의 깊은 곳에 가라앉아 있는 무늬를 조심스럽고 간헐적으로 꺼내는, 그렇게 건조하고 절제된 방식을 취해와 미세한 문장 – 이미지의 실현에 승부를 거는 까닭이 여기에 있다. 시선을 차분히 좇고, 타자들의 발화에 귀를 기울이지 않으면, 아니, 이 양자의 결합 방식을 놓치면 우리는 미로를 헤매게 될 것이다. 또렷하게 하나로 수렴되는 지향점을 제시하는 대신, 그는 불안한 균형이나 조금만 충격을 주어도 흔들리며 중심을 잡아가는 위태로운 상태를 적시하는 일로 제 시의 근원을 살핀다. 그의 시에서 동요와 불안은 저 삶, 제 삶에서 찾아든 필연일 것이다. 중요한 것은 그 파장과 진폭이 광대하게 퍼져나가는 것이 아니라, 흔들거리는 그 상태 자체를 잘 짜여진 문장 – 이미지로 빚어, 하나로 그러모을 때 발생하는 긴장이 시집 전반을 위태롭게 지탱하고 있다는 사실이다. 동요는 아니다. 파국도 아니다. 파멸이나 환멸이나 절망이나 좌절은 더욱 아니다. 그것은 타자와 함께하는 고통과 그 필연성을 발화하고자 할 때 취할 수밖에 없는, 그렇게 민감한 촉지처럼 반응하는 반사적인 감

각의 소산이다. 일상의 주인인 자가 취해온 저 날카롭고 예
민한 눈을 따라, 백지 위로 걸어들어온 그의 제어된 시적 세
계를 우리는 '커서와 나침반의 시학'이라고 부르려고 한다.
시집을 읽으며 우리는 긴장을 언어로 감각하고 이미지로 독
특하게 기억하는 법을 배우게 될 것이다. 그렇게 오래, 다
른 방식으로 기억되는 삶을 하나씩 더듬어나가면서, 무시로
끊어지는 스타카토의 삶과 그 삶의 고랑에 고인 슬픔의 저
긴장하는 떨림을 우리는 보게 될 것이다. 그의 '커서'와 '아
서'는, 그의 꿈과 열망은, 지금도 진행중이며, 그는 단 한 번
도, 삶이라는, 시라는, 타자라는 지도의 조각들을 그러모으
고, 그 위에서 방향을 타진해나갈 제 나침반을 내려놓은 적
은 없었다고 해야 한다.

김현서 1968년 강원도 홍천에서 태어나 대부분의 시간을 서울에서 보냈다. 1996년 『현대시사상』 가을호에 시를 발표하면서 작품 활동을 시작했고, 2007년 한국일보 신춘문예에 동시가 당선되면서 동시도 함께 쓰고 있다. 한국안데르센상을 수상했다. 시집으로 『코르셋을 입은 거울』이 있다.

문학동네시인선 081
나는 커서
ⓒ 김현서 2016

초판 인쇄 2015년 1월 1일
초판 발행 2016년 1월 15일

지은이 | 김현서
펴낸이 | 염현숙
책임편집 | 김민정
디자인 | 수류산방(樹流山房)
본문 디자인 | 유현아
마케팅 | 정민호 나해진 박보람 이동엽
홍보 | 김희숙 김상만 한수진 이천희
제작 | 강신은 김동욱 임현식
제작처 | 영신사(인쇄) 경원문화사(제본)

펴낸곳 | (주)문학동네
출판등록 | 1993년 10월 22일 제406-2003-000045호
주소 | 413-120 경기도 파주시 회동길 210
전자우편 | editor@munhak.com
대표전화 | 031) 955-8888
팩스 | 031) 955-8855
문의전화 | 031) 955-3576(마케팅), 031) 955-2656(편집)
문학동네카페 | http://cafe.naver.com/mhdn

ISBN 978-89-546-3916-3 03810
값 | 8,000원

* 이 도서의 국립중앙도서관 출판예정도서목록(CIP)은 서지정보유통지원시스템 홈페이지
  (http://seoji.nl.go.kr)와 국가자료공동목록시스템(http://www.nl.go.kr/kolisnet)에서
  이용하실 수 있습니다. (CIP 제어번호 : CIP2015034628)
* 이 시집은 2013년 아르코창작기금을 수혜하였습니다.
www.munhak.com

문학동네